# 大偵探福爾摩斯

## 西部大決鬥

SHERLOCK HOLMES

# 為紀念第20集出版而寫的序

本系列由 2010 年開始撰寫，不經不覺已寫了三年多，最新的這一集，已是第 20 集了。如果以字數計的話，已寫了超過 40 萬字，對自己來說，是一個紀錄。

既然是第 20 集，按慣例是值得紀念一下的。所以，今次特別創作了一個「後傳」，就是說，我一下子跳過幾年，把故事的時間設定在福爾摩斯與 M 博士因為決鬥而雙雙墮下瀑布失蹤之後。

當時，警方並沒有找到兩人的屍體，有傳福爾摩斯曾在西藏出現，也有人說見過他曾在美國現身，總之就是謠言四起，但沒有人能證實傳聞的真偽。

這個「後傳」就是寫一個與他非常相似的槍手，在美國西部懲奸的故事。但他是否真的是福爾摩斯呢？本集故事內自有分曉。順帶一提，大家不必擔心，這不是本系列的完結篇，第 21 集又會回到之前的時空，繼續描寫福爾摩斯在倫敦探案的精彩事跡！

余遠鍠

# 大偵探福爾摩斯

## 西部大決鬥


閃電手諾丹雄 ..........5

鎮長與檢察官 ..........19

神秘的中年槍客 ..........29

敵人的陷阱 ..........48

血染的暗語 ..........61

暗語隱藏的意思 ..........73

瑪莉亞的秘密 ..........86

黃雀在後 ..........102

雙雄大決鬥 ..........109

那人的來歷 ..........126

福爾摩斯有趣小手工－自製橡皮圈手槍 ..........135

# 登場人物介紹

## 福爾摩斯

居於倫敦貝格街221號B。精於觀察分析，知識豐富，曾習拳術，又懂得拉小提琴，是倫敦最著名的私家偵探。

## 華生

曾是軍醫，為人善良又樂於助人，是福爾摩斯查案的最佳拍檔。

## 鎮長羊伯格

小心謹慎的老鎮長。

## 瑪莉亞

鎮長的小女僕，善良又勇敢。

## 萊克狼

諾丹雄的左右手，囂張又多疑。

## 閃電手諾丹雄

著名黑幫首領，開槍快如閃電。

## 亨德

亨氏七兄弟的一哥，性格沉着。

## 亨奇

亨氏七兄弟的三弟，行事魯莽。

## 亨吉

亨氏七兄弟的七弟，年少懂事。

# 閃電手諾丹雄

美國，**德克薩斯州**，鄰近墨西哥的一個小鎮。小鎮大街兩旁，密密麻麻地排滿了兩三層高的樓房，當中有酒吧、裁縫店、理髮店、小銀行、旅館，當然也有民居。一陣乾灼的大風吹過，捲起陣陣**沙塵**，為這個西部小鎮的風景抹上了一層淡黃色的荒涼。

突然，「啪」的一聲響起，一個少年從一間雜貨店推開小扇門衝出，奔向路過的另外兩個年輕人，他抓住其中一個叫道：「一哥！不得了，梅爾先生上吊死了！」

「什麼？」那個被喚作一哥的青年名叫亨德，是少年的大哥，他聞言大驚失色，「小吉，他昨天還好好的，怎會……？」

「警長那一幫人在驗屍，我乘他們不覺，拿了梅爾先生留在桌上的遺書。」小吉傷心地把**遺書**遞上。

亨德連忙打開遺書，只見上面只是簡單地寫着幾行字，大意是說雜貨店是他的畢生事業，但投資**石油債券**失敗了，欠下一身債，就算再拚命十年也未必能夠償還，只好一死了之。遺書最後還說，感謝街坊多年來的光顧，這些恩情只能來世再報了。

「梅爾先生是個好人，小時候媽媽帶我去買東西，他都會塞一塊**糖**給我吃。他是一個好人……一個好人卻沒有……好的下場……嗚嗚嗚……」小吉說着說着，已嗚咽起來了。

亨德悲痛萬分地拿着遺書，雙手不住地顫抖。站在他身旁的是三弟**亨奇**，他一手奪過

遺書，彷似要看穿

那張紙似的瞪大了眼

睛，看着看着，雙眼漸漸迸發出嚇人的**怒火**，

他氣憤地叫道：「**還有天理嗎？**梅爾老先

生經營雜貨店幾十年，怎會懂得投資什麼石油

債券！還不是**金融經紀**聯同

那幫混蛋欺騙他，設局令他

破產的嗎？他們的目的只

是想**侵佔**別人的房產，

這裏還有王法嗎？」

「喂！小子，你說『那幫混蛋』是什麼意思呀？我們的老闆也很關心這個案子，可以說來聽聽嗎？」忽然，亨氏三兄弟身後響起了一把響亮、卻又叫人討厭的聲音。

轉過頭去一看，只見距離他們六七呎之遙的地方，站着幾個兇神惡煞的大漢。中間那個特別高大健碩，一對陰險的眼睛更炯炯有神，亨氏三兄弟很清楚，他就是半年前才來到此鎮落戶的諾財證券公司老闆——諾丹雄。他們更知道，這個諾丹雄在西部很出名，因為他是個專幹殺人越貨、無惡不作的黑幫首領，可是州政府卻苦無證據把他繩之於法。

大概聽到了喊話聲吧，大街兩旁的樓房內有人從門口探出半個身子來張望，有些人則在二樓的窗口伸出頭來窺看，他們的面上雖然都流

露出好奇的表情，但眼神卻明顯帶着莫名的恐懼。

「怎麼了？我問你呀，你剛才說的『那幫混蛋』，究竟是指什麼人呀？」站在諾丹雄身旁的頭號手下萊克狼跨前一步，咄咄逼人地說。

「哼！我說什麼關你屁事！」亨奇沉聲怒號。

「嘿嘿嘿，這小子看來膽子也不小呢。」萊克狼扭頭向身後的幾個同黨笑道。

「哇哈哈哈，未見過世面的黃毛小子，通常膽子也最大，但嘗過什麼叫痛之後，馬上就會尿褲子了。我看這小子也不會是個例

外，哇哈哈哈！」那幾個兇神惡煞的同黨**語出譏諷**，把亨氏三兄弟完全不放在眼內。

「豈有此理……」亨奇**怒不可遏**，他的右手微微地一動，似要作勢拔出掛在腰間的**手槍**。

剎那間，那幫惡黨的笑聲**戛然而止**，各自的右手都靜止在腰間的手槍旁邊。然而，諾丹雄的表情卻絲毫沒有變化，還把雙手交叉地抱在胸前，只是眼睛已牢牢地盯住亨奇。

大街上的風沙仍在吹，但時間彷彿忽然停頓了似的，各人都一動不動。劈劈啪啪、劈劈啪啪！在二樓窺視的人紛紛關上了窗門。

矮小的亨吉已嚇得汗流浹背，雙腳釘在地上不住地發抖。但冷靜的亨德眼明手快，一手抓住亨奇的右手，阻止他拔出手槍。亨德知道，只要三弟一拔出手槍，他們三兄弟會當即橫死街頭。不要說對方人多勢眾，就算只是一個諾丹雄，他們三兄弟聯手也肯定只有死路一條。因為，亨德非常清楚，眼前這個冷靜得叫人心寒的巨漢子，除了惡名昭着之外，也是名震西部的閃電手殺人王！

江湖上流傳着一個諾丹雄被行刺的傳聞。一次，他獨自走過一條大街，只見他眼角一挑，隨即響起「砰砰砰砰」四下槍聲。槍聲

過後，一個人從街角滾出，倒在地上；一個露出上半身，橫掛在二樓的窗口旁；一個從天台墮下，撞到一樓的簷篷上，發出**嘭**然巨響。最令人難以置信的是，最後一個無聲地倒下的，竟是距離諾丹雄身後足足有20碼之遙的**刺客**。

當人們回過神來再望向諾丹雄時，他的手槍就像從沒有拔過出來似的，仍然紋風不動地掛在腰間。

這個傳聞可能在口耳相傳的過程中被誇大了，但閃電手諾丹雄這個綽號卻絕非浪得虛名，他拔槍確是快如閃電，而且槍法如神，至今未逢敵手。

亨德猛力拉住三弟亨奇，咬緊牙關輕聲喝道：「不可輕舉妄動，這裏不是動刀動槍的地方。」

就在這時，雜貨店的小扇門「嘰」的一聲被推開了，一個身材瘦削的中年漢子走了出來，他胸前掛着耀目的警章。亨德向他瞥了一下，一眼就認出他就是鎮上的警長卡特，一個已被諾丹雄收買了的敗類。

「啊，諾丹雄先生，你也來了？」卡特警長惺惺作態地以憐惜的口吻說，「梅爾雜貨店的老闆上吊自殺，驗過屍了，沒有他殺的可疑。據說他投資石油債券虧了大本，看來是一時看不開就……其實錢財身外物，也不用去死啊。」

亨奇聞言想反駁，但馬上被亨德用力握住手腕，制止了他的衝動。

卡特警長瞧了一下亨氏三兄弟，說：「沒事了、沒事了，人家自殺，可不是看熱鬧的時候呀！快滾吧！」

亨德趁機強行拉走亨奇，雙腿發軟的小吉也連忙**跌跌撞撞**地跟着離開。諾丹雄等人只是盯着亨氏三兄弟離去，並沒有加以阻攔，因為亨奇不先拔槍，在光天化日之下殺人，傳到州警那邊也會引來不必要的麻煩。

但萊克狼**得勢不饒人**，故意大聲笑道：「哈哈哈，有人夾着尾巴逃走了。果然是聰明人，**好漢不吃眼前虧**，我明白的。哈哈哈！」他身旁的幾個大漢聽他這麼一說，也馬上**嘻嘻哈哈**地縱聲大笑。在那群可惡的嘻笑聲中，亨德聽得出，還夾雜着警長卡特的笑聲。

# 鎮長與檢察官

亨奇在走遠了後，馬上用力甩掉亨德的手，怒道：「一哥，為什麼阻止我？我真想把那個萊克狼的腦袋轟掉！」

亨德深深地歎了口氣，語重心長地道：「我很了解你的心情，但也不可魯莽行事呀！萊克狼知道我們在暗中調查他們，早就想把我們除之而後快。他剛才是故意挑釁，你一拔槍，馬上就會變成一個蜜蜂窩，這叫自衛還擊，沒有罪的！明白嗎？」

「那你有什麼辦法？難道就容忍他們這樣無法無天下去嗎？」亨奇憤憤不平地道。

「嗚……嗚……嗚……」小吉知道脫離威

脅後，繃緊的情緒一鬆，終於嗚咽起來了，「卡特警長不但不執法，反而與那幫人蛇鼠一窩。嗚……嗚……梅爾先生死得實在太慘了。」

亨德無奈地搖搖頭，似乎也無計可施。但沉思片刻後，他確認四周沒有人，就輕聲道：「去找鎮長羊伯格先生商量對策吧。他應該明白長此下去這個赫爾頓鎮就會無法管治了，可能會同意出手制止。」

「只能這麼辦了。」亨奇點點頭，「雖然那個老山羊膽小又怕事，不太可靠，但也要逼他向州政府求援才行。」

三人商量好後，沒有走大街，反而走了遠路穿過幾條小徑，避開四周的耳目，悄悄地走進鎮長的辦公樓。所謂辦公樓，其實也只是一棟

兩層高的破舊建築，單看建築物的寒磣，就可猜到鎮長也不會是個可以震懾惡勢力的人物。

老鎮長羊伯格看到三人怒氣沖沖地闖進來，只是不慌不忙地反起雙眼瞧了他們一下，頭也不抬地問：「亨德，我今天很忙，沒什麼急事的話，明天下午再來吧。」說完，又低下頭去翻閱手上的文件。

「羊伯格先生，你這回必須出手！」亨德還未出聲，急躁的亨奇已爭着說了，「我們已**忍無可忍**了，不可以再讓諾丹雄那幫人作惡下去！」

「啊，關於執法的事嗎？你們最好不要多管閒事，卡特警長可不是吃素的，他才是維持本鎮治安的**執法者**，怎容你們越權投訴，我也要按程序辦事，不可無事生事。」老鎮長裝模作樣地翻了幾下文件後，拉下**眼鏡**，又反起雙眼看着亨奇說，「記住，絕不可以**輕舉妄動**，否則只會把事情**搞砸**，為我帶來更多麻煩。」

「什麼？你說我們『無事生事』、『把事情搞砸』？」亨奇氣得太陽穴上的**青筋暴現**，「那個卡特警長根本就是與諾丹雄他們一夥的，靠他去維持治安，這簡直就是**與虎謀皮**！」

「三弟，你太無禮了，不可以這樣與羊伯格先生說話！」亨德馬上制止。

不過，亨奇的重話看來並沒有惹怒老鎮長，他只是揚一揚手，**木無表情**地下逐客令：「你們聽不明白就走吧，我沒空跟你們爭論。」

「哼！簡直就是一個**老糊塗**！」亨奇氣憤地扔下這句說話，就衝出門去。

「**三弟！**」亨德想阻止也來不及，他只好對老鎮長說，「羊伯格先生，你真的可以容忍那幫——」

「走吧。」老鎮長頭也不抬，決絕地說。

看到老鎮長這麼決絕，亨德知道再說下去也沒有用了，只好失望地拉着小吉離開。一踏出門口，就碰到一個老人和一個少女，老人叫**鄧尼**，少女叫**瑪莉亞**，他們都是老鎮長的僕人。看來他們都知道了梅爾老頭上吊自殺的消息吧，老人鄧尼悲傷地搖搖頭，打了個招呼後就拖着沉重的步伐離開了。瑪莉亞則**不發一言**，眼裏

閃着淚花。亨德忽然想起，她與梅爾老頭感情很好，到雜貨店買東西時，常常都會看到她跟梅爾老頭指手劃腳地談笑。但這個時候，亨德也無法說出什麼安慰的說話，只好拉着小吉趕忙去追亨奇。

亨奇激憤地走了十多步，猛地回過頭來，向着趕上來的亨德道：「難道這樣就死心嗎？不！不能這樣下去，否則我們赫爾頓鎮一定會滅亡！」

小吉沒作聲，但從他等候亨德回答的眼神中也可看出，年紀小小的他亦充滿了悲憤。

亨德避開兩人的視線，低頭沉思半晌，然後下定決心道：「去找檢察官狐洛金先生吧。他看上去雖然有點狡猾，但聽說在鄰州的賈森鎮當檢察官時為人相當正義，不少慣犯都經他的手被關進了監獄。而且，最重要的是，他隸屬檢察部門，不屬卡特警長那邊的執法系統。」

亨奇聞言，眼中閃出希望的光芒，他興奮地道：「對，應該找他。他才調來三個月，與卡特警長和諾丹雄那幫人不會走得太近，找他比找老鎮長更好。」

半個小時後，亨氏三兄弟已坐在狐洛金的辦公室內，把心中所想一一道出。檢察官狐洛金與老鎮長羊伯格完全相反，他的辦公室不但光潔明亮，在偌大的辦公桌後，還掛着令人以為正義必會得到

彰顯的**美國國旗**。更重要的是，狐洛金**全神貫注**地聽取三人的傾訴，而且不斷點頭和應，看來非常贊同三人的觀點。

「其實，我已留意**卡特警長**和**諾丹雄**一段時間了。本來，我還想觀察一下，待充分掌握證據後才出手的。」狐洛金聽完三人的說話後分析道，「不過，看來我們必須**抓緊時間**加快行動，否則他們的勢力會越來越大，受害的人會更多。」

三兄弟聽到這番說話感到非常鼓舞，然後，再密談了一會才離開。

「哼！就看諾丹雄那幫人能橫行多久！」亨奇一踏出門口就狠狠地道。亨德終於感到人間果然還有正義。不過，與此同時，他又感到內心深處還有一絲不安，卻又想不出什麼緣故。

其實，他的不安是對的。因為，就在他們三兄弟仍沉醉於興奮中時，「黑暗的勢力」已經悄悄地火速行動，並佈下陷阱要一舉把他們清除。不過，幸運的是，一個偶遇也改變了他們的命運，把他們從萬劫不復的境地中拯救出來。

因為，他們遇上了西部史上最傳奇的人物——一個無名無姓卻又無比厲害的流浪槍客，他有如彗星般劃過西部的長空，然後又在剎那之間消失得無影無蹤。

# 神秘的中年槍客

半夜，七個黑影在亂石叢中快速奔馳，他們在巨大的仙人掌之間左穿右插，似乎對周遭的環境非常熟悉。突然，領頭的舉手叫停，跟在後面的六人赫然一驚，霎時停步。

「一哥，怎麼了？」黑影中有人低聲問。

「以防萬一，先讓我探一探動靜。」領頭的一哥說着，已快步竄出石林，走近一間荒廢了的木造房子。

那廢屋外雜草叢生，但在淡淡的月色下，顯露出朦朧的輪廓。那個一哥就是亨德，他躡手躡腳地走近，然後輕輕地推開大門，一個閃身竄了進去。躲在仙人掌和石林中的六人屏息靜氣地看着，他們看來都非常緊張，視線都聚在廢屋的門上。

不一刻，一哥從門邊探出頭來，並揚手一揮，向蹲在石林中的六人打了個暗號。

六人鬆了一口氣，一個接着一個從石後躍出，並迅速閃進屋內。

「沒有人跟蹤，很順利呢。」黑暗中有人說。

亨德沒答話，他小心翼翼地探頭往外張望了一會，然後才輕輕地把門關上。

他環視了一下眼前的六個兄弟，說：「這種時間，應該沒有人會來這間廢屋，看來這裏很安全。」說完，他示意眾人在地上坐下。

「為了對付卡特警長，我們要非常小心，否則隨時會被他殺人滅口。」其中一人掏出早已準備好的蠟燭，邊點燃邊說。

在蠟燭的光線下，其餘六人的臉容終於在黑暗中浮現，其中兩人是**亨奇**和少年**亨吉**，另外四個都是二十來歲的年輕人，長相也差不多。原來，他們都是堂兄弟，故以兄弟相稱。除了一哥**亨德**、三弟**亨奇**外，排第二的叫**亨迪**、第四的叫**亨登**、第五的叫**亨比**、第六的叫**亨明**。那個少年亨吉，是最年輕的七弟。

亨迪說：「我已調查清楚了，諾丹雄開設的**證券公司**，主要

是誘人投資石油債券，令一些擁有房產的人輸大錢，然後強迫他們申請**破產**，再把他們的房產拿去拍賣，從中取利。」

「對，其實那些拍賣會全在諾丹雄那幫人的控制之下，參加拍賣的人根本都是他們的**同夥**，出價非常低也可**中標**。可惡的是，連卡特警長也被他們收買了，叫大家投訴無門。」亨奇氣憤地說。

「對了，一哥，你們不是找了老鎮長羊伯格商議如何對付他們這幫惡棍嗎？」亨迪問，「結果怎樣了？」

一哥亨德無奈地搖搖頭：「那**老山羊**真的老得有點糊塗了，竟然說卡特警長是維持本鎮治安的執法者，叫我們不可**輕舉妄動**，否則只會把事情搞砸，為他增添煩惱。」

「老鎮長不理，我們還能做什麼？」亨登問。

「我們去找檢察官**狐洛金**了。他耐心地聽完我們對諾丹雄和卡特警長的指控後，眼睛都發光了。」亨德興奮地說，「並說一定要儘快行動，找出證據把那幫惡棍**一網打盡**。」

亨迪用力地拍一下大腿：「好！狐洛金先生不愧是檢察官，果然**明察秋毫**，比起那個老糊塗鎮長要精明得多了。」

「這樣就好了，有狐洛金先生幫忙，再聯合我們的力量，一定可以為本鎮**主持公義**。」亨比說。

眾人都顯得很興奮，對一舉殲滅那幫惡棍充滿了信心。然而，就在這時，他們的頭頂傳來了「吭吭吭」的幾下咳嗽聲。

亨奇反應最快，他一躍而起，向二樓喝道：「什麼人？竟偷聽我們說話！」

「嘿嘿嘿……」二樓響起一陣冷笑，「哼，你們在樓下擾人清夢，還好意思說我偷聽你們說話？」

其餘六人也紛紛躍起，迅速作勢防範。

「廢話少說，快速速現身！」亨奇再向漆黑一片的二樓喝道。

咯噔、咯噔、咯噔，隨着幾下緩慢的腳步聲，一個人影在黑暗中現形。在燭光的映照下，七兄弟都看清楚了，那是一個四十來歲的中年漢子，他頭戴牛仔帽，滿面鬍鬚，一副

吊兒郎當的樣子。

「難道你是卡特警長派來的**奸細**？」亨奇喝問。

「嘿嘿嘿，傻瓜，你的腦袋是用來盛水的嗎？」那人譏笑，「如果我是奸細，還會大模大樣地走出來**自投羅網**嗎？」

「哼！不用狡辯，你是好人的話，又怎會在**半夜三更**躲在這間廢屋之中！」亨奇怒道。

「哈哈哈，問得好有趣呢，果然是個傻得透徹的傻瓜。」那人笑着反問，「你們不也是半夜三更*偷偷摸摸*地竄進這間廢屋來嗎？而且，還說要對付什麼警長的，你們

才像壞人呢。」

「你——」

亨奇仍想說，但被亨德揚手制止了。

「請恕我三弟無禮，請問你是什麼人？為什麼會在這裏？」亨德沉着地問。

「嘿嘿嘿，這位兄弟說話才像個樣子。」那人冷笑道，「我是路過的，身上的錢花光了，看到這間廢屋，就進來借宿一宵了。」

亨德沉思了一下，問：「你為什麼睡在二樓？通往二樓的樓梯不是已斷了嗎？你怎上去的？」

「果然是一哥，不像那傻瓜，觀察得頗仔細呢。」那人瞟了一眼亨奇道，「為了睡得安寧呀。我怎知睡到半夜會不會被一些傻瓜誤以為我是奸細，偷偷走進來把我殺掉？」

「你——」

亨奇知道那是諷刺自己，又想發作，但被亨德雙眼一瞪，只好忍住了。

「至於我怎樣上來嘛——」那人還未說完，已縱身一躍，躍向側面一條木柱，接着在柱身上又借力一蹬，然後敏捷地落在客廳的地板上。

眾人被嚇了一跳，連忙往後散開。

啪、啪、啪，那人拍一拍身上的塵埃，說：「看清楚了吧，這樣下來，就這樣上去，還有什麼疑問嗎？」

「你聽到了我們剛才的說話？」亨德問。

「嘿嘿嘿，你們雖然聲音不大，但在這麼寧靜的黑夜，就算不想聽，它自己也會跑進我的耳朵裏啊。」那人指一指自己的耳朵道，「很

可惜，我全都聽到了，而且還一清二楚。」

亨奇大驚，馬上喝令：「**圍！不可讓他離開！**」

眾兄弟聞言，立即快速走位，剎那間已形成一個包圍圈，把那中年漢子團團圍住。

可是，那人只是向亨奇瞟了一眼，就不慌不忙地掏出一個煙斗，「嚓」的一聲擦亮一根火柴，把煙斗點燃。

這個反應叫眾人完全出乎意料之外，呆在當場不知如何是好。

「你們不是要懲惡懲奸、為民除害的嗎？」那人吐一口煙，施施然地道，「怎麼現在竟然以多欺少，向一個與你們無仇無怨的人動起武來了？」

「哼！廢話少說，誰叫你偷聽我們的秘

密！」亨奇怒道。

「哇哈哈哈，你們的秘密嗎？不要笑死人了，是秘密的話，就不會隨便對人說呀。」那人大笑。

「什麼意思？」亨德問。

那人扭過頭去，向亨德說：「不是嗎？你們找鎮長商量如何對付那幫惡棍和警長，被拒絕之後又找檢察官商量，是秘密的話哪會這麼輕易告訴別人。」

「鎮長雖然糊塗，但也是個老實人，告訴他不會有問題。」亨德辯解。

「對！檢察官已答應出手對付諾丹雄那幫人，讓他知道反而對我們有利。」亨奇道。

「對！對！對！」其餘幾個兄弟紛紛附和。

「傻瓜！」那人突然厲聲大喝，把各人嚇了一跳。

「哼，統統都是傻瓜。」那人的眼睛射出一道寒光，「那個檢察官才最可疑，他身為檢察官，怎可能聽你們**片面之詞**就答應出手？一個老練的檢察官會這麼魯莽嗎？」

「啊⋯⋯」亨德臉上露出**動搖**的神色，眾兄弟見狀也**面面相覷**，似乎已察覺到問題所在。

「嘿嘿嘿，以我看來，你們口中那個**老糊**

塗鎮長還比較可靠呢。」那人冷笑。

「可是……他為卡特警長說好話，怎會可靠呢？」亨德反駁，但語氣已毫無自信了。

「哼，這證明他精明。如果警長和那幫惡棍那麼可惡，作為鎮長又怎會不小心提防？換了是我，也不會隨便說出心中真正的想法呢。」那人道。

「哼，那老糊塗根本什麼都不懂，他就算知道警長與黑幫勾結，也會怕惹麻煩而不採取行動。」亨奇不忿地說。

「是嗎？不過，他叫你們不要輕舉妄動，否則只會把事情搞砸，倒是金石良言啊。」那人一頓，往亨德瞥了一眼道，「可惜你們卻跑去找檢察官，如果那個檢察官是警長他們的同黨，嘿嘿嘿，你們就慘了。」

亨德瞪大了眼睛，猛然醒悟：「啊！是他……」但下半句卻像梗在喉嚨似的，又說不下去了。

「是他什麼？」那人眼中閃過一下懷疑，問道。

「是他……是他叫我們在這裏聚集的。」亨德惶恐萬分地說。

# 敵人的陷阱

「什麼？」那人大驚。

「他說……他說這裏人跡罕至，是……是共商大計的好地方。」驚惶令亨德說得期期艾艾，連口齒也不清了。

「糟糕！」那人說着，一個箭步突破包圍圈，衝到被木板封了的窗口旁邊，透過縫隙往外面看去。

他看了不到兩秒，猛地轉過頭來，並低聲下令：「快把蠟燭吹熄！」

亨德雖有猶豫，但也馬上揚腿一掃，用腳風把地上的蠟燭打熄了。

「你們這班傻瓜，自己看看吧，我們已被包圍了！」那人壓低嗓子厲聲道。

亨奇半信半疑地躍到窗前，一看之下嚇得倒退了幾步，還自己絆着自己，「嘭」的一聲倒坐在地上。其他幾個兄弟紛紛竄到窗戶的縫隙窺看，果然，在半明半暗的月色之下，幾十個黑影和幾枝火把在遠處的石林之中若隱若現，他們的目標顯然就是這間荒廢了的木造房子。

眾人大驚之下已亂作一團，不知如何是好。

「嘿嘿嘿，真是一夥傻得**不可救藥**的傻瓜，竟然自招敵人，看來你們已成**甕中之鱉**，無路可逃了。」那人摸着下巴的鬚根，幸災樂禍地道。

「豈有此理！**我們殺出去！**」衝動的亨奇跳起來作勢要往門口衝去。

「傻瓜！」那人一手拉住亨奇的後領，再用腳**一鉤**，把他硬生生地絆倒地上，「這樣衝出去只會被對方亂槍射死！」

「那怎辦？」亨德從剛才的對應中，已知道這個中年漢子絕非**泛泛之輩**，馬上向他求教。

那人再摸摸下巴的鬚根，想了一想道：「到

二樓躲起來吧，我也不想看到七個**傻瓜**死在我眼前，害我今晚睡不着覺。」

「那麼你呢？」亨德問。

「**哼，還用問？**」那人怒目一瞪，「當然是打發他們離開。快上二樓！」

「謝謝！」亨德說完，轉身向眾兄弟下令，「**上！**」

亨迪和亨登二話不說，已躍到二樓下方紮好了**馬步**，亨德跳到兩人用雙臂搭成的橋上用力一蹬，再借「臂橋」的拋力一彈，輕易就跳上了二樓。其餘各人也**依樣畫葫蘆**，逐一跳上去。餘下的亨迪和亨登看來彈跳力最好，只是在柱身上**一蹬一躍**，就隱沒在二樓的黑暗之中了。

「嘿嘿嘿，這班傻瓜腦袋不太靈光，身手倒靈活，總算還有點**長處**。」那人不知是讚賞還是譏諷地自言自語。

就在這時，門外傳來了一個響亮的叫聲：「亨德！亨奇！我知道你們躲在裏面，**快給我滾出來！**」

中年漢子往二樓瞥了一眼。

一點動靜也沒有，看來那七兄弟已被嚇得**縮作一團**，連動也不敢動一下了。

外面的人見沒有反應，叫得更兇了：「快滾出來！不然我們就**放火燒屋**！」

中年漢子臉上露出一絲微笑，裝出**懶洋洋**的聲調向門外叫道：「什麼人在外面叫嚷？吵死了！」

「這聲音好陌生。」

「不是本地口音。」

「是誰？」

「怎會有其他人？」

外面傳來了一陣**嘈雜聲**，好像被中年漢子的回話嚇了一跳。

「你是什麼人？」外面喝問。

「我是路過的旅客，沒錢住旅館，只好在這裏**借宿一宵**。」

「你出來，我們有事要問。」外面叫道。

「好的，我出來了。」中年漢子把頭髮撥亂，裝成剛剛睡醒的樣子，然後輕輕地推門而出。

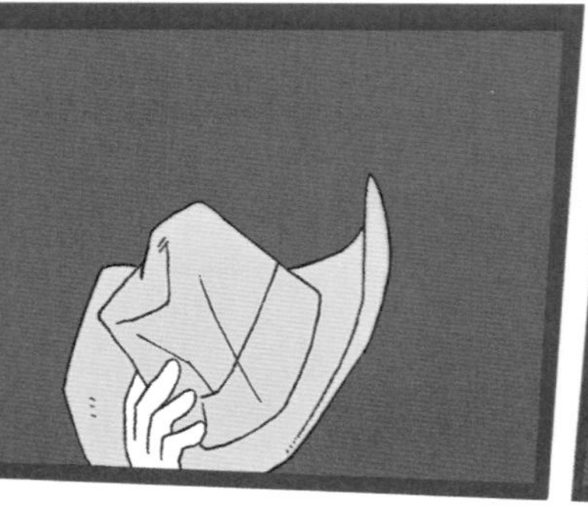

門外，幾十個**兇神惡煞**的大漢已把廢屋團

團團住，有些拿着長槍，有些腰間插着手槍，有些則舉着火把，把四周照得一片火紅。高大健碩的諾丹雄立於正中，萊克狼則站在他身旁，眾人都以懷疑的眼神盯着中年漢子。

萊克狼踏前一步，正要問話時，諾丹雄把手一舉，示意不准多言。

大概從中年漢子身上感到了一股與別不同的**煞氣**吧，諾丹雄從頭到腳地把這個忽然殺出的陌生人打量了片刻，然後才冷冷地問：「你在裏面多久了？」

「好大的陣勢呢。追捕逃犯嗎？」中年漢子打了一下呵欠，故意裝出毫不在意的樣子回應，「我在裏頭已睡了幾個小時啦。」

「唔……？」諾丹雄露出疑惑的表情，「沒有人來過嗎？」

中年漢子答道：「有呀。」

「什麼？」諾丹雄一驚。

「好像有幾個人，他們在一個小時前偷偷摸摸的走來開門，我以為是什麼鼠摸狗盜，開槍把他們嚇跑了。」

「把他們嚇跑了？」諾丹雄眼裏射出一道寒光。

「對，嚇跑了。」中年漢子聳聳肩，「於是，我又悶頭大睡去了。」

諾丹雄皺起眉頭陷入沉思。

「難道他們就是你們要抓的逃犯？」那人故意裝出意外的表情問，但沒人搭理。

萊克狼壓低嗓子湊到諾丹雄的耳邊說：「大哥，這傢伙未必可信，要不要進屋搜一搜？」

諾丹雄眉頭一鬆，似有所悟地道：「不必了，我們有要事在身，沒時間在這裏磨蹭。不然，老山羊被我們軟禁的消息，很快就傳開

去了。」他說這話時，一直盯着中年漢子，好像要從他的臉上看出什麼變化。

中年漢子只是連連打着**呵欠**，裝作對諾丹雄的說話毫不感到興趣。

「唔……」似乎看不出什麼吧，諾丹雄對中年漢子道，「看你也是一條**好漢**，最好快點離開這個小鎮，否則別怪我們的槍沒長眼睛。」說完，手一揚，頭也不回地轉身就走。

眾手下連忙跟上。

走了十多步後，萊克狼仍不放心，低聲地問：「***真的不用搜嗎？***要是——」

「你瞎了嗎？」諾丹雄壓低嗓子怒目一瞪，「那傢伙在半夜的荒野被我們幾十個人圍着也不露絲毫驚惶之色，必定是個高手中的高手。就算亨氏兄弟躲在屋中，如果硬闖，他們一定會拚死頑抗。敵暗我明，要是那傢伙出手助陣，我們這邊肯定也會丟掉十多條人命。我們要做的是大買賣，不值得與不明來歷的人糾纏。」

「啊，原來如此。」萊克狼恍然大悟，「但下一步怎辦？」

「嘿嘿嘿，我早有後着。等着瞧吧。」諾丹雄冷冷地一笑，然後領着一眾手下，很快就隱沒在石林之中。

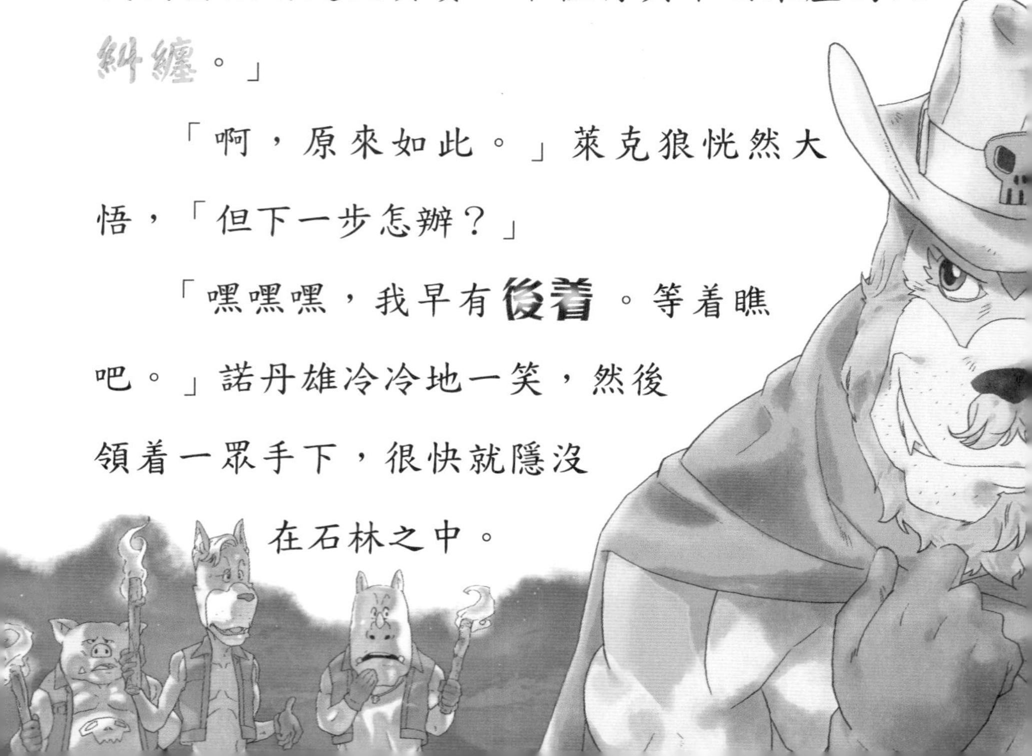

# 血染的暗語

中年漢子看着諾丹雄他們消失後，連忙走回廢屋內，並向二樓叫道：「他們走了，快下來吧。」

七個年輕人一一躍下，但臉上仍**猶有餘悸**。

「謝謝你**拔刀相助**，實在感激不盡。」亨德說，「我們要趕回去找鎮長商量對策，連檢察官也被**收買**了，相信他這次不得不採取行動了。」

「嘿嘿嘿，不必去了。你們的鎮長綽號老山羊吧？他已給對方抓了。」

「什麼？」眾兄弟大驚。

「我聽到那個高大威猛的**老大**這樣說，錯不了。」那人道。

「那老大就是諾丹雄……」亨吉害怕得顫動着嘴唇說，「他……就是與卡特警長勾結的**黑幫首領**啊。」

「現在怎辦？」亨迪向一哥問道。

「唔……」亨德眉頭**深鎖**，也不知道如何回答。

「去和他們拚了！」衝動的亨奇叫道。

「傻瓜！」那人罵道，「你怎麼只懂**魯莽行事**？想

害死六個兄弟嗎？」

「難道坐在這裏等死嗎？」亨奇哭喪着臉反問。

「別吵！讓我想想。」亨德大喝，亨奇只好噤聲。

七個年輕人急得團團轉，但想來想去也想不出一個頭緒。

「嘿嘿嘿，換了是我，首先要弄清楚他們為什麼把鎮長抓起來呢。」那人別有意味地道。

「啊！」一言驚醒夢中人，亨德猛地想

起，「鎮長叫我不要輕舉妄動，否則會為他添麻煩，難道他已掌握了**犯罪證據**，所以卡特警長和諾丹雄才會**先發制人**？」

「唔……」那人摸摸鬍鬚道，「有可能，你們去找那檢察官求助時，肯定對他說過本來是找鎮長出手，但又**不得要領**吧？」

亨德無言地點點頭，他明白自己犯下了無可挽回的**過錯**。

「嘿嘿嘿，這間接促使了他們加快行動，把鎮長**軟禁**起來，然後逼他交出證據。」那人道。

「那怎辦？」亨德以求助的眼神望向那人。

「如果我是你，就會想辦法先救鎮長，看看他掌握了什麼證據，然後再把那些證據呈交州政府，到時**州政府**一定會派人來收拾那幫壞蛋。」

「有道理。」亨迪道，「但我們怎知道他們把鎮長關在哪裏？」

**噠……噠……噠……噠……**

突然，門外傳來了一陣由遠而近的腳步聲。眾人赫然一驚，全部豎起耳朵細聽。

那人和亨德不動聲色地走到窗口的**縫隙**窺視，原來是一個老人**顫巍巍**地跑向這邊來。

「啊，那是鎮長家的老僕人**鄧尼**，他怎會在這裏出現呢？」亨德想了想，連忙開門把老僕人叫了進來。

老僕人看到眾人，興奮得流出眼淚來：「啊，見到你們太好了，還以為你們真的給這位先生嚇走了。」說着，他指一指站在一旁的中年漢子，看來，他剛才一定是躲在石林中聽到了一切。

「鎮長被卡特警長**軟禁**在家，他暗中託我把這個交給你。」未待大家發問，老僕人已從口袋中掏出一張**小字條**遞過來。

亨德連忙打開細看，可是，小字條只寫着——full moon on Mar. 14（full moon on Mar.14）

「什麼意思呢？」亨德感到**莫名其妙**。

「果然是個**老糊塗**，寫個字條也不清不楚的！」亨奇罵道。

「哼，你才糊塗呢。」那人駁斥道，「這是**暗語**。」

「啊，我明白了。」亨迪道，「鎮長以防鄧尼先生在中途被人截住搜身，所以用了暗語。」

「但解不通的暗語又有什麼用？」亨奇晦氣地說。

就在這時，大門「嘰——」的一聲被推開了，一個少女**戰戰兢兢**地踏進屋來。

眾人一看不禁大喜，亨迪衝前握着少女的手問

道：「瑪莉亞，你怎麼也來了？」

**瑪莉亞**呆呆地看着亨迪，並沒有回話。

「哎呀，二哥，你忘記了瑪莉亞是**聾啞**的嗎？她怎會聽到你的問題。」亨吉有點沒好氣地說，然後用**手語**把問題重複一遍。原來，他自小已認識瑪莉亞，從她那兒學懂了不少手語。

「這……是羊伯格先生叫我來的……」瑪莉亞用手語**比劃**，她看了看老人鄧尼，然後又用手語續道，「羊伯格先生**偷聽**到卡特警長說你們……躲在這間廢屋，並會來捉你們。所以……我趕忙把羊伯格先生交託的東西帶來了。」

「那幫惡棍來過了，不過幸好沒發現我們。鎮長交託給你的是什麼東西？」亨德問，亨吉則用手語翻譯。

瑪莉亞舉起纏着白布的手。

「啊，你受傷了？」亨德看到有血從白布滲出。

「不，鎮長吩咐我把這白布條交給你們。

我怕被看守的人搜到，所以把白布條當作紗布捆在手上。」瑪莉亞搖搖頭，用手語答。

「可是，那些血……」亨德仍然不明白。

瑪莉亞有點難為情地用手語說：「沒什麼，被菜刀割傷罷了，否則看起來就不像受傷，沒法掩人耳目了。」

「你故意割傷自己來偽裝？」亨吉用手語問，並驚訝得瞪大了眼睛。

瑪莉亞點點頭，然後輕輕地解開布條，只見她的手掌中間有一道長長的傷口，還淌着未乾透的鮮血。七個兄弟看到了，都非常感動，小吉更差點就要掉下眼淚來了。他們都認識這個少女，她只是鎮長的小傭人，沒想到會這樣捨己為人。

「我有位非常要好的醫生朋友，可惜他不

在，否則可以為你醫治傷口。」那人憐惜地摸摸少女的頭說，「你幹得很好，比那七個傻瓜聰明多呢。」

七個兄弟赤紅了臉，但也無從反駁。亨德為免尷尬，馬上打開**布條**細看。長長的布條上雖然有些部分被血染紅了，但仍可清楚辨認鎮長寫在上面的英文字母——

*euttsvnhotidemode bner en c e*

，不過眾人完全看不懂箇中含意。

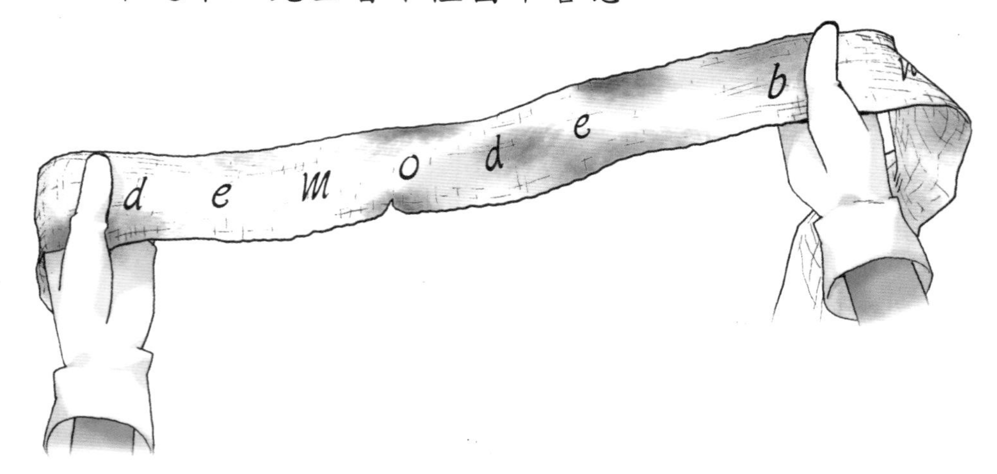

# 暗語隱藏的意思

「又是暗語？鎮長真麻煩啊，寫暗語還要分兩次。」急躁的亨奇埋怨道。

「嘿嘿嘿，你們的鎮長太厲害了。」那人佩服地說，「他把暗語分成兩組，又分別叫兩個人傳送，就算其中一個被截獲了，敵人也沒法解開暗語要傳遞的信息呢。」

亨德恍然大悟：「要是這樣的話，兩組暗語必定互有關聯。」

「沒錯，我們要把兩組暗語放在一起去想，才能拆解它們隱藏着的意思！」那人說着，把染滿血跡的長布條攤在地上，又把鄧尼老人帶來的**字條**放在布條的旁邊，然後目不轉睛地盯着，眼也不眨一下。

眾人也全神貫注地盯着布條，皺着眉頭思索起來。

full moon on Mar. 14

e u t t s v n h o t i d e m o d e b n e r e n c e

不一刻，那人低聲呢喃：「full moon on Mar. 14，看來與**圓**有關呢。」

「什麼意思？」亨德問。

「full moon就是**圓月**之時，代表一個**正圓形**。」那人說，「Mar. 14可寫作**3.14**，不也是與圓形有關嗎？」

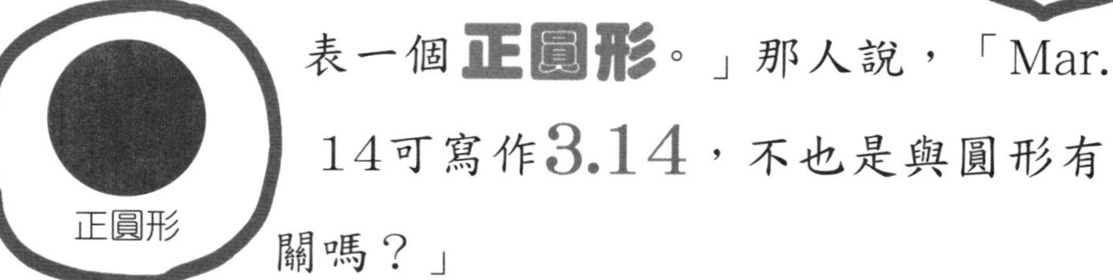


眾人仍然不明所以，但七兄弟中最小的亨吉

突然眼前一亮：「我明白了，那是圓周率！」

「啊！」眾人恍然大悟，「對，3.14是圓周率，直徑乘以圓周率，就是圓周長，我們在小學時都學過。」

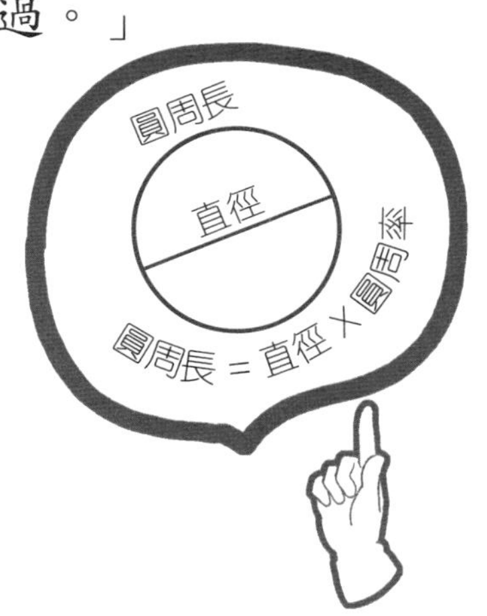


「但鎮長為什麼要告訴我們圓形和圓周率呢？」鄧尼老人完全摸不着頭腦。

「看來，長布條上的暗語，是與圓形和圓周率有關。」那人道。

亨奇露出不屑的表情說：「哼，布條是長形的，怎樣看也不像與圓形有關呢。」

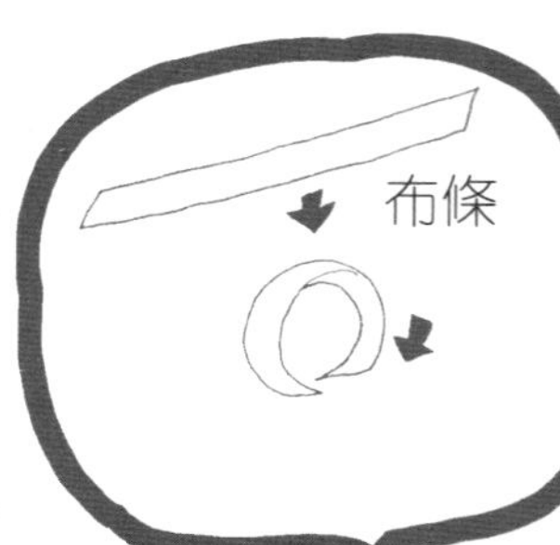


「嘿嘿嘿，看事情不能只看表面啊。」那人冷笑道，「一個圓形，只要把它的圓周拉直，不就是一條長長的線嗎？反之，**把一條長長的布條繞成一圈，不也就變成一個圓形嗎？**」

「啊！」眾人大表驚訝，他們沒想到可以這樣把兩種看似完全沒有關係的東西放在一起去想，並且**看破**兩者之間的關係。

「以我看來，小字條上既然寫着圓周率的暗語，那麼，老鎮長一定是要你們找出一個圓的**圓周長**和**直徑**了。」那人道。

「但字條上並沒有其他數字啊，怎能算出來呢？」亨登拚命撓頭。

「直徑和圓周長嗎……？」眾人又陷入一片迷惘了。

那人盯着字條沉思了片刻，突然說：「哈哈，我明白了。」

「明白了？你明白了什麼？」老僕人鄧尼連忙追問。

「這張小字條是一個**長方形**，不就像一把**短尺**嗎？」那人說着，又用手指比劃了一下。

一直站在一旁默不作聲的瑪莉亞赫然一驚，她似乎看出了意思，卻又顯得有點不安。中年漢子的眼尾瞥見了她這個輕微的**表情**變化，但故意沒問。

這時，小吉說：「我明白了，圓形的直徑會不會就是那張**字條的長度**呢？」

那人笑道：「好厲害，你年紀最小，卻比你那些哥哥都聰明。對，字條本身的長度，很可能就是**直徑**了。」

亨比看一看字條，想也不用想就說：「我是做木工的，不用量也看得出，這字條長**1.5吋**。」

那人想了想，心中好像在盤算着什麼，目光則在布條的字母上來來回回地檢視。

不一刻，他抬起頭來說：「**暗語已解開了。**」

「什麼？已解開了？」眾人大感興奮。

「直徑1.5吋乘以圓周率3.14，圓周長就等於**4.71吋**，只要用這個長度就能把布條上看似**雜亂無章**的字母**串**起來了。」那人道。

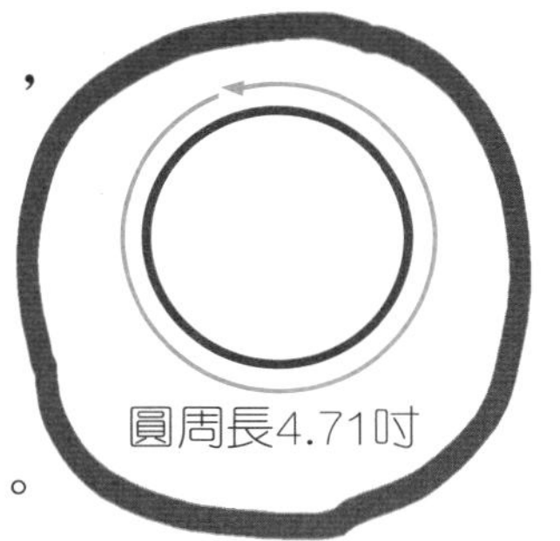


**直徑1.5吋 X 圓周率3.14 = 圓周長4.71吋**

「真的嗎？不可能吧？」亨奇懷疑地說。

「嘿嘿嘿，不信嗎？那麼就考考亨比的**眼力**吧。」那人狡黠地一笑，然後向亨比道，「你由布條上的第一個**字母**開始，每隔約4.71吋讀出接着的**字母**，能做到嗎？」

4.71吋

e u t t s v n h o t i d e m o d e b n e r e n c e

「當然能！」亨比盯着字條一板一眼地朗讀，「**e-v-i-d-e-n-c-e**。」

「啊，第一個字是『**證據**』。」亨德道。

「好了，依樣畫葫蘆，從第二個字母起，每隔約4.71吋讀出接着的字母吧。」那人道。

「明白了，是**u-n-d-e-r**。」亨比順利找出第二個單詞。

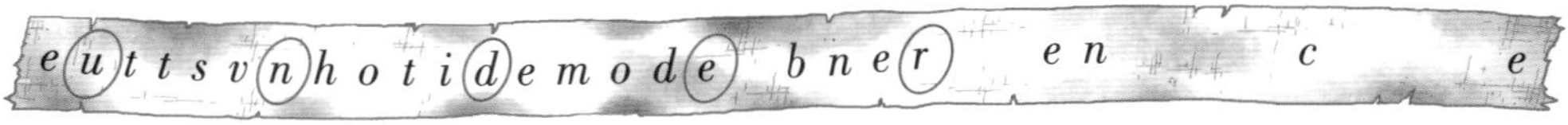

e u t t s v n h o t i d e m o d e b n e r e n c e

「用同樣方法，從第三個字母起，讀出第三個單詞吧。」那人道。

「是**t-h-e**。」亨比說完，已明白箇中奧

e u t t s v n h o t i d e m o d e b n e r e n c e

妙，馬上又找出第四個單詞「**tomb**」和第五個單詞「**stone**」了。

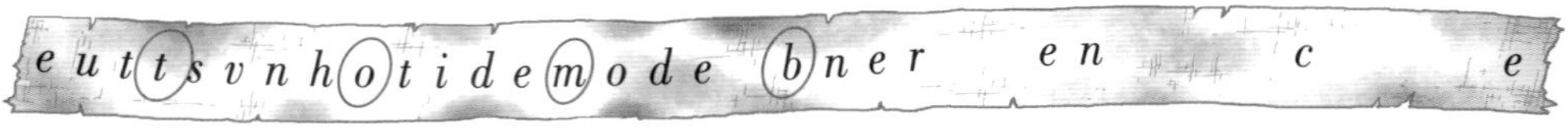

e u t t s v n h o t i d e m o d e b n e r e n c e

e u t t s v n h o t i d e m o d e b n e r e n c e

「好了，全部共五個**單詞**都找到了，串起來唸吧。」那人道。

眾人同聲唸出：

亨吉用**手語**把暗語的意思**翻譯**給瑪莉亞知道，但她不知怎的，看完亨吉的手語後，竟

*符合文法的寫法應是：The evidence is under the tombstone.
不過，暗語為求簡短和令旁人難以破解，未必講究文法是否正確。

慌張得有點**不知所措**。

那人沒作聲，但都看在眼裏。

亨德自言自語地問：「暗語所指的**墓碑**，究竟是哪一個墓的墓碑呢？」

「鎮長的**妻子**三個月前去世，會不會是指他妻子的墓碑？」亨吉搶着說。

「肯定是。」亨迪道，「鎮長10年前被調到此鎮來，他沒有其他親人葬在此地。」

「我們馬上去看。」亨奇道。

「那麼，由我帶路吧。」老僕人鄧尼自動**請纓**。

「好！」亨德點點頭，然後向眾兄弟說，「我和亨迪隨鄧尼先生去找墓碑。亨比、亨明、亨吉，你們帶瑪莉亞到相熟的**牧場**暫避一下。亨奇和亨登去準備四匹**快馬**

在鎮口的峽谷旁等候，我和亨迪一找到證據，就與你們一起騎馬去通知州警來營救鎮長。」

「知道！」眾兄弟齊聲答。

「嘿嘿嘿，看來我的責任也完成了。你們小心行事，保重了。」說完，那人摸一摸下巴的鬚根，嘴角揚起一絲冷笑，向瑪莉亞瞥了一眼，按一按帽子，就往門口走去。

「且慢。」亨德連忙道，「先生，我們還未

知道你的**高姓大名**呢。」

「對，請你留下姓名，我們永遠不會忘記你**拔刀相助**的恩情。」亨迪感激地說。

又急躁又衝動的亨奇有點尷尬地說：「請原諒我先前的**魯莽**和**無禮**。請你留下姓名吧。」

「對！對！對！」眾兄弟齊聲和應。

那人緩緩地轉過頭來，狡黠地笑道：「嘿嘿嘿……我已好久沒把自己的姓名**掛**在口邊了，還是算了吧。」

說完，他拋下一句：「**後會有期！**」就悠然地轉身踏出大門，走進黎明的晨曦之中，不一刻，就在石林中隱沒了。

「真是一個奇人。」

「對，他**來無影去無蹤**，又不肯留下姓名。」

「我說他是個**奇俠**才對。」

「有道理，他有勇又有謀，而且還有令人敬佩的**俠義精神**。」

一眾兄弟七嘴八舌地稱讚。

「我看還是趕快去找那個墓碑吧。」老人鄧尼催促道，「不然，就會誤了大事啦。」

「是的。」亨德**抖擻**了一下精神，向眾兄弟下令，「馬上按照剛才的安排，分頭出發吧！」

# 瑪莉亞的秘密

小鎮的**公墓**離廢屋不遠，而且位置偏僻，不容易為人發現，走半個小時就可以到了。但老人鄧尼走得比較慢，亨德和亨迪兩人雖然有點心急，也只能**遷就**老人家的步伐減慢速度。

亨奇和亨登兩人輕身上路，他們帶着興奮的心情，直往相熟又可靠的**馬廄**飛奔而去了。

年紀比較小的亨比、亨明和亨吉其實心裏有點不甘，他們也很想參與其事，但又知道太多人一起行動，會惹來不必要的注目，只好帶着瑪莉亞去**牧場**躲起來。不過，奇怪的是瑪莉亞有點**心緒不寧**，不但走得很慢，而且似有話想說，但又不知道好不好說出來。亨吉以為她

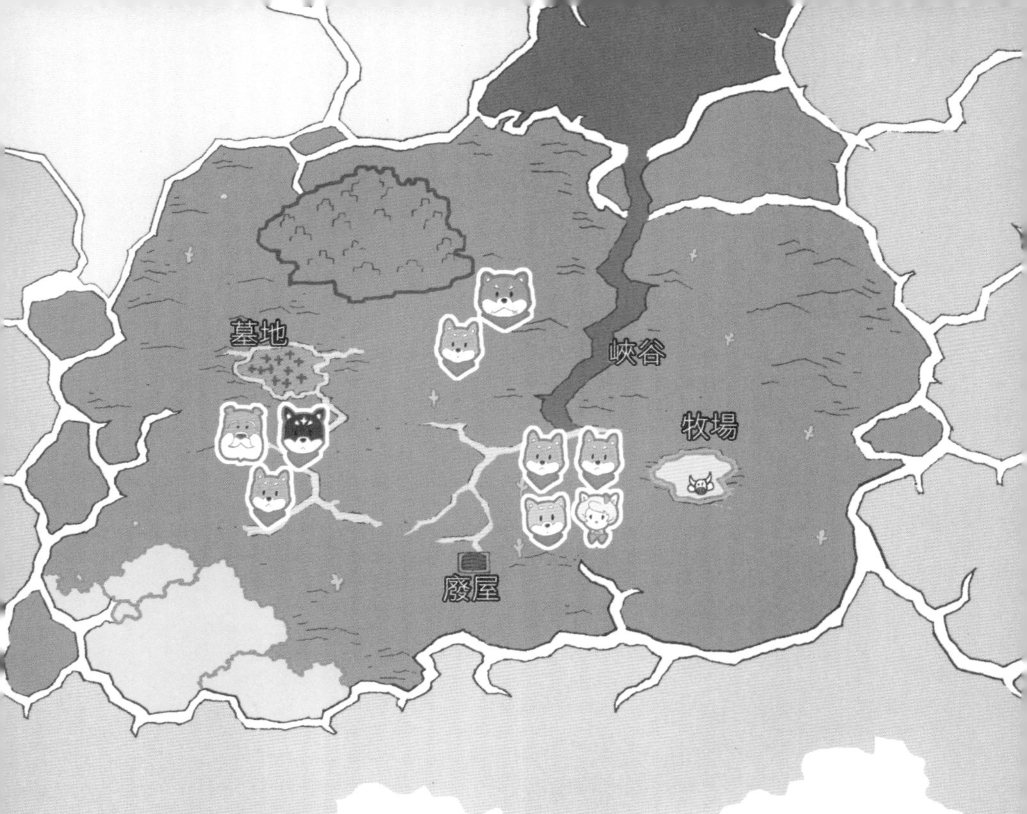


跟自己一樣，也為了梅爾老頭的死而受到太大打擊，所以顯得**悶悶不樂**。

受到了瑪莉亞的影響，亨吉三兄弟也只好默默地前行。然而，走了不到十分鐘，突然「**喂！**」的一聲從頭頂傳來，把他們嚇了一跳。

四人舉頭一看，發覺原來**喊話者**不是別人，就是剛剛才說過「後會有期」的那個中年漢子。

「啊！你還沒走嗎？」亨吉驚喜地問。

「嘿嘿嘿，有些事情還沒**辦妥**，走也走得不安心呢。」那人滿臉笑容地走近，並轉向臉露**驚訝神色**的少女問道，「瑪莉亞，你是否有話想說，但剛才又不方便說呢？」

亨吉一臉**疑惑**，不明箇中意思，但也用手語把那人的說話直接翻譯了。

瑪莉亞眼睛瞪得大大的，看來，她對這個中年漢子猜中了自己的**心思**感到又驚又喜。

「其實……」瑪莉亞定一定神，然後用手語說，「其實我雖然不知道暗語是什麼，但我知道只要把布條纏到一根**木棍**上，就能把暗語**破解**。這是羊伯格先生告訴我的。」

「什麼？」亨吉大感意外，連忙翻譯出這段說話。

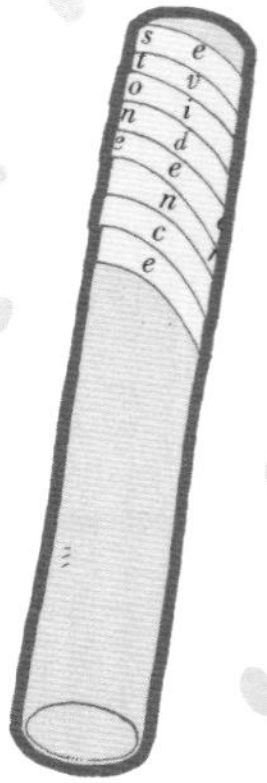

「唔，有道理。」那人想了一想道，「只要把布條繞在一根直徑1.5吋的圓棒上，也能組合出暗語的句子，真是一個巧妙的設計呢。」

亨吉呆了片刻，終於明白箇中奧妙，於是用手語向瑪莉亞問道：「那你為何不早說，讓我們花了那麼多時間去猜？」

「鄧尼先生也在場，不好說。」瑪莉亞用手語道。

「難道你懷疑鄧尼先生？」亨吉用手語問。他知道，鄧尼與瑪莉亞一起在鎮長家工作，從瑪莉亞身上也學了不少手語。

瑪莉亞點點頭，並轉向中年漢子，用手語道：「其

實……羊伯格先生在我端晚飯去給他吃時，乘守衛不覺之際，把布條塞了給我，並說只要我遠遠地**跟蹤**着鄧尼先生，就會找到亨德大哥。」

亨吉連忙用手語翻譯，並協助兩人展開對答。

「然後呢？」那人問。

「不過，我看見他在半途走進了**諾財證券公司**，在十多分鐘後才走出來。」

「啊！」亨氏三兄弟大驚失色。

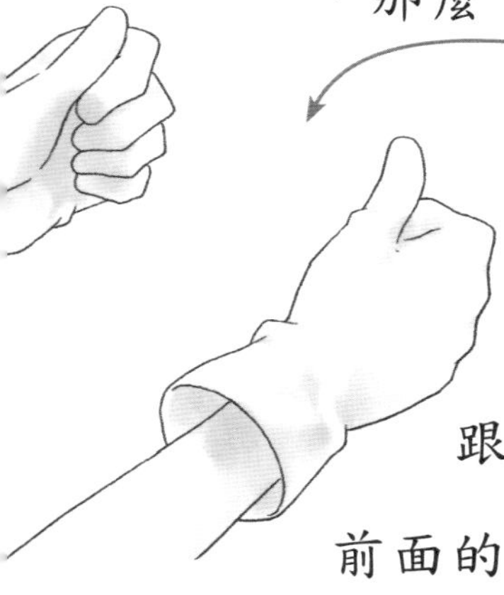

「那麼，你就一直跟着鄧尼老頭，走到這裏來了？」那人問。

「是的，但我跟着跟着，走到廢屋前面的石林時，看到諾丹雄那幫人**浩浩蕩蕩**地殺到，嚇得慌忙**躲**在一

＊由於故事發生在美國，本書用的是美式手語，與其他地方的手語未必一樣。

塊大石後面。但同時間，就丟失了鄧尼先生的蹤影。」瑪莉亞**猶有餘悸**地用手語比劃着。

「接着，你看到了我和諾丹雄的**對答**吧？」那人問。

少女**頷首**答道：「看到了一些，但不敢一直伸出頭來**偷看**。」

「接着呢？」那人問。

「接着，我雖然看到諾丹雄那幫人走遠了，但害怕他們忽然又走回來，於是一直**躲**着，想看清形勢才走出來。」

「真聰明，這是正確的做法。」那人稱讚。

瑪莉亞點點頭，又用手語道：「當我放心走出來時，只是走了十來步，卻又看到一個人影閃出。於是，我又伏在一塊大石後面偷看，不敢貿然行動。」

「那就是鄧尼老頭吧？」那人問。

「是的。」少女頷首，「我看見他急匆匆地走向廢屋，又見到你們開門讓他進去。」

「你對鄧尼老頭有懷疑，為何又跟着他走進廢屋來呢？」那人問。

「我也不知道。」少女搖搖頭，「我不知道怎辦呀，羊伯格先生吩咐我要把布條交給亨德大哥，我必須這麼辦呀。

於是，只好鼓起勇氣，走進了廢屋。接着的事情，不用我說，你們也親眼目睹了。」

那人摸摸少女的頭，稱讚道：「謝謝你。你很勇敢，也做得很好。不過，你為何不當面揭穿鄧尼老頭曾與諾丹雄一夥接觸呢？」

少女有點害怕地搖搖頭：「我不敢確定鄧尼先生是否與諾丹雄那幫人有什麼關係，而且他平時對我很好，不像一個壞人。我實在無法在眾人面前質問他。」

「唔，你是個好孩子，有這樣的顧慮也無可厚非。」

亨吉恍然大悟地向那人道：「哦，所以你待鄧尼先生隨一哥離開後，才在這裏截住我們，想向瑪莉亞問個清楚？」

「沒錯。」

「可是，你怎知道瑪莉亞心中有**疑慮**呢？」亨比不解地問。

「嘿嘿嘿，因為你們太笨呀。」那人狡黠地一笑，「如果你們七兄弟夠聰明，一下子就**破解**了暗語，我就不會懷疑瑪莉亞心中有疑慮了。」

三人**面面相覷**，並不明白那人的意思。

「果然是笨蛋。」那人沒好氣地說出重點，「所謂暗語，是建基於『**發**』與『**收**』雙方的默契上，這等於鎖與鑰匙的關係。『發』的一方拋出一把**鎖**（＝**暗語**），『收』的一方接到鎖後，必須有一把**鑰匙**（＝**破解方法**）才能把它打開。如果『收』的一方沒有鑰匙，就算拿到了鎖也沒有用。」

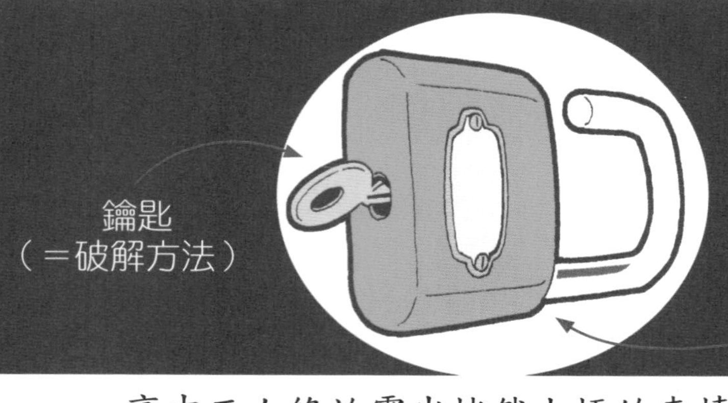


亨吉三人終於露出恍然大悟的表情。

「明白了吧？」那人續道，「你們七兄弟雖然拿到了**鎖**（＝暗語），本來應該有**鑰匙**（＝破解方法）卻又沒有，就證明鎮長一定已把鑰匙（＝破解方法）交給了負責**傳遞**暗語的人。那人，當然就是瑪莉亞了。可是，她卻沒有當場說出來，這不就證明她心中有**疑慮**嗎？而且，當我破解了暗語時，瞥見她顯得不知所措，就知道一定有問題了。」

「是嗎？她顯得**不知所措**嗎？怎麼我們沒看見？」亨吉感到意外。

「**傻瓜！你們只是在看，我卻是在觀察，怎可相提並論。**」那人罵道。

亨吉吐吐舌頭，不敢再問了。

「看來你們的鎮長並不知道鄧尼老頭已**出賣**了他，否則不會把另一組暗語交給那**奸細**。」那人摸摸下巴冷笑道，「不過幸好你們的鎮長疑心重，把暗語分成兩組，就算鄧尼老頭已把字條交給諾丹雄那幫人看，沒有瑪莉亞的布條，他們**抓破頭**也不會明白暗語的意思呢。」

「真看不出老鎮長羊伯格先生這麼厲害，把所有可能發生的事情都計算在內。」亨吉佩服地道。

「但諾丹雄也不是**省油的燈**，他跟你們那位老鎮長一樣精明透頂，早已作了兩手準備。」

「兩手準備？」亨氏兄弟大感意外。

「他沒硬闖廢屋搜捕你們，並不是我的演技把他騙倒了。」那人道，「我估計他在包圍廢屋之前，已叫鄧尼老頭先躲起來，因為在未抓到你們之前，他還不想暴露那老頭的奸細身份。」

「啊！」亨吉終於想通了，「瑪莉亞剛才說那幫惡棍在石林出現時，鄧尼老頭卻在同一時間失去了蹤影，其實，他是應諾丹雄之命暫時躲起來靜觀其變。」

「沒錯。」那人點點頭道，「諾丹雄的撤退只是緩兵之計。他撤退後，吩咐鄧尼老頭走進廢屋演一場好戲，以便套取那字條

的意思。因為，諾丹雄以為解開暗語的鑰匙掌握在你們兄弟手上。」

「哎呀！那怎辦？鄧尼老頭已知道暗語的意思，他會不會馬上去通知諾丹雄？」亨比驚恐萬分地道。

「嘿嘿嘿，這個不用擔心。」那人信心十足地道，「有你們的一哥和二哥在，那老頭不可能藉詞走開去通風報信。」

「但那幫惡棍會不會在中途攔截一哥他們呢？」亨吉擔心地問。

「不會。」那人搖搖頭道，「這個諾丹雄老奸巨猾，他未搞清楚鄧尼老頭得到什麼信息之前，只會派人跟蹤。」

「但這只是你的猜測罷了。」亨比仍然擔心。

「嘿嘿嘿，我不用猜測，你們過來看看就明白了。」說着，那人轉身往一塊大石走去。

四人滿腹疑惑地跟着，當轉到大石後面一看，他們都看得傻了眼。因為，石後有兩個穿着內褲的大漢坐在地上，還被五花大綁的捆了起來，嘴巴也被布團塞住了。最可笑的是，捆着他們的正是他們自己的長褲子！

「這……」亨比驚訝得吞了一口口水才能發問，「這是你幹的？」

「還有誰會幹這麼好玩的事？」那人樂呵呵地笑道，「這兩個傢伙一直鬼鬼祟祟地跟在你們後面，我就把他們收拾了。」

「啊……」三人聞言啞在當

場，瑪莉亞雖然聽不明白，但從三人的表情也可猜到那人說的是什麼了。

「除了你們，亨奇和亨登一離開廢屋也被兩個大漢盯上了。我**送佛送到西**，也順便把他們收拾了。」

「啊……」三人又一次**啞然**。

「不過，跟蹤你們一哥那一組共有三人，我沒有動手處理他們。」

「為什麼？」亨吉問。

「**放長線釣大魚**呀，先讓他們跟蹤，反正鄧尼老頭走得慢，我們很快就可以趕上。然後再來一招——**螳螂捕蟬，黃雀在後！**」

# 黃雀在後

亨吉和瑪莉亞他們也知道**公墓**所在，於是領着那位中年漢子，馬上就往公墓的方向追去。

果然，他們很快就發現有三個大漢悄悄地跟在亨德三人後面。可憐的是，亨德和亨迪還**懵然不知**。

「要不要提醒一哥他們？」亨吉向中年漢子問道。

「何必焦急。」那人**成竹在胸**地說，

「待你一哥在鎮長妻子的那塊墓碑下找到犯罪證據後，我們才出手吧。反正我們是黃雀，那三個嘍囉是遲早也會被吃掉的螳螂。」

中年漢子與亨吉等人有如黃雀般不動聲色地跟在後面。只見在鄧尼老頭的帶領下，亨德和亨迪來到一塊墓碑前面，他們互相說了幾句什麼，就蹲下來挖了。那三隻「螳螂」則躲在不遠處的大石後監視。

挖了一會，亨德看來已找到了犯罪證據，顯得很雀躍。然後，鄧尼老頭不知道向他們說了些什麼，就匆匆向兩人道別了。

在亨德和亨迪兩人走遠後，三隻「螳螂」也走出來了。鄧尼老頭一看見他們，馬上就主動地走過去**指手劃腳**地不知在說什麼。但亨吉他們已看得很清楚，那該死的奸細一定是在報告找到證據的事。

果然，三隻「螳螂」聽完**密告**後顯得很緊張，丟下鄧尼老頭不管，直往亨德兩人離開的方向追去。

這一切早在中年漢子的估算之內，他已繞到前路埋伏。當三人跑近時，他一個閃身躍出，二話不說，**又劈掌又起腳又揮拳**，三招兩

式之間已把那三個大漢打得**落花流水**，倒在地上一動不動了。

「好厲害！」

「實在太精彩了！」

「一眨眼就把他們打倒了！」

三兄弟非常雀躍地歡呼。

那人回頭往四周看了看，突然怒罵：「**傻瓜！鄧尼老頭呢？**你們沒截住他嗎？」

亨氏三兄弟看戲看得太入神了，竟然忘了去攔截，但懊悔已太遲，鄧尼老頭早已**逃之夭夭**，失去蹤影了。

「難道還要事先吩咐，你們才懂動手嗎？」那人被氣得**七孔生煙**。

亨氏三兄弟垂頭喪氣，低下頭來不敢作聲，連瑪莉亞也被嚇得縮作一團。

「過來，把他們拖到**隱蔽**的地方，脫掉他們的褲子，把他們全部捆起來。」那人沒好氣地道。

三兄弟連忙七手八腳地把三隻「**螳螂**」捆起來，又塞住他們的嘴巴，然後把他們丟到一塊大石後面去。

「鄧尼老頭逃脫了，必會跑去通知諾丹雄。」那人面露**嚴峻**的表情道，「不過，那老頭年紀大，跑得不快，我們應可趕在他之前，通知你們一哥四人逃離此鎮！」那人道。

到達鎮口峽谷時，中年漢子等人卻來遲一步，見到亨德四兄弟已騎着馬絕塵而去了。

「是一哥亨德他們！」亨吉道。

中年漢子想了想道：「雖然趕不及通知，但他們既已安全離開，也可放下心頭大石了。」

聞言，亨吉三兄弟和瑪莉亞也忘記了中年漢子剛才的喝罵，開懷地笑起來了。

「不過，我們還有事情要辦，馬上往回走。」那人說完，轉身就走。

三兄弟和瑪莉亞不敢問，只好也跟着回頭走。

原來，那人是回去剛才趕路時看到的一個牧場，他似乎對那兒圈養着的百多頭牛甚感興趣。

「你們認識那個牧場的主人嗎？」那人指着前方的牧場問。

「認識，我也是**牧牛人**，這裏的主人是我的好朋友。」亨明道。

「正好！趕快向牧場主人把這百多頭**牛**借來一用，你說幾個小時後歸還。」那人說完，再加上一句，「還有，順便借幾公斤**鹽**。」

亨明他們並不明白那人想幹什麼，但剛才見識過他的厲害後，知道他必有**奇策**，就只好照辦。

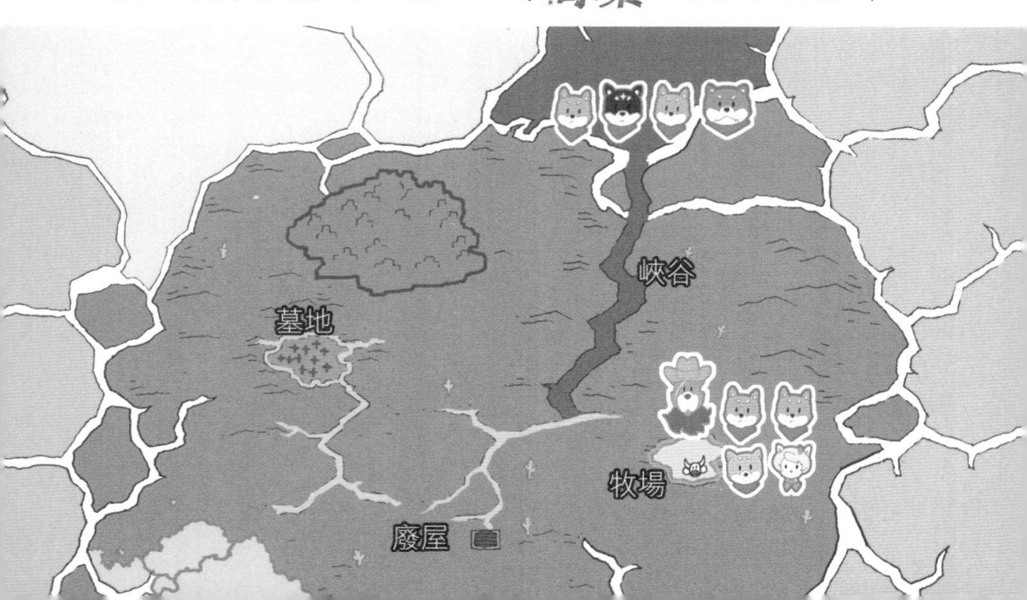

# 雙雄大決鬥

這邊廂，諾丹雄已收到鄧尼老頭的**通風報信**，他大驚之下，連忙領着萊克狼等十多個手下騎着快馬直往鎮口的峽谷追去。

他心中估算，就算亨德等人已逃，但他們全力去追的話，也可能追上**奪回**犯罪證據。其實，那只是一本被鎮長派卧底偷走了的**賬簿**，但落在州政府手上，他們必死無疑。因為，上面記滿了他和卡特警長、狐洛金檢察官的分賬數目，而每筆賬目的後面，都染滿了他們**謀財害命**的鮮血！

很快，一行十多人已趕到峽谷附近。可是，他們放眼望向前方時，卻被眼前的**景象**嚇得目瞪口呆。因為，峽谷那條只有數十呎闊的通道上，竟擠滿了**牛群**！

「怎會這樣的？那些牛為什麼一動不動地停留在草也不長一條的**黃泥道**上？」萊克狼驚訝地問。

「豈有此理！一定又是那人！亨氏兄弟不會那麼聰明，懂得用牛來**阻止**我們追趕。」

諾丹雄**咬牙切齒**地說，「果然是高手中的**高手**，全給他搞砸了！」

「那怎辦？我們要開槍趕牛嗎？」萊克狼問。

「等一等，恐防有詐——」諾丹雄話音未落，「**砰砰砰砰砰**」的遠方傳來了幾下槍聲。

一陣可怖的**地鳴**隨即響起，原來靜立不動的牛群突然轉過頭來，有如**山崩地裂**似的洶湧而至，直往這邊衝過來。

諾丹雄反應最快，他把馬首往後一拉，馬上掉頭就跑，並大叫：「**太可惡了！我一定不可放過那傢伙！**」

可憐的是，萊克狼等十多騎還來不及掉頭，牛群已如泥石流般湧至，把他們衝得東歪西倒，完全給牛群吞沒了。

「嘿嘿嘿，你們看！這些惡人在牛群面前，其實也不堪一擊呢。」一直在峽谷高處一塊大石背後監視的中年漢子道。

「實在太厲害了，他知道牛喜歡吃鹽，所以把那幾公斤鹽撒在峽谷的黃泥地上，讓領頭的那些牛在路中間停下來舔鹽，把後來的牛堵在後面，先把通道封了。待諾丹雄來到，就開槍把牛群趕往他們那邊，一下子就把他們**衝散**了。」亨吉興奮地用手語比劃着，把中年漢子的**巧計**向瑪莉亞解釋。

次日晨，州警在亨德四兄弟的帶領下大舉殺到，可惜諾丹雄已**逃去無蹤**了。不過，可能他逃得太匆忙，又或者是**大難臨頭各自飛**吧，與他狼狽為奸的卡特警長和狐洛金檢察官竟**懵然不知**，在睡夢中被州警逮個正着。當然，那個可惡的鄧尼老頭也被州警拘捕了，老鎮長也被平安救出。

不過，中年漢子卻在混亂中消失了，只留下了一張字條，上面寫着：

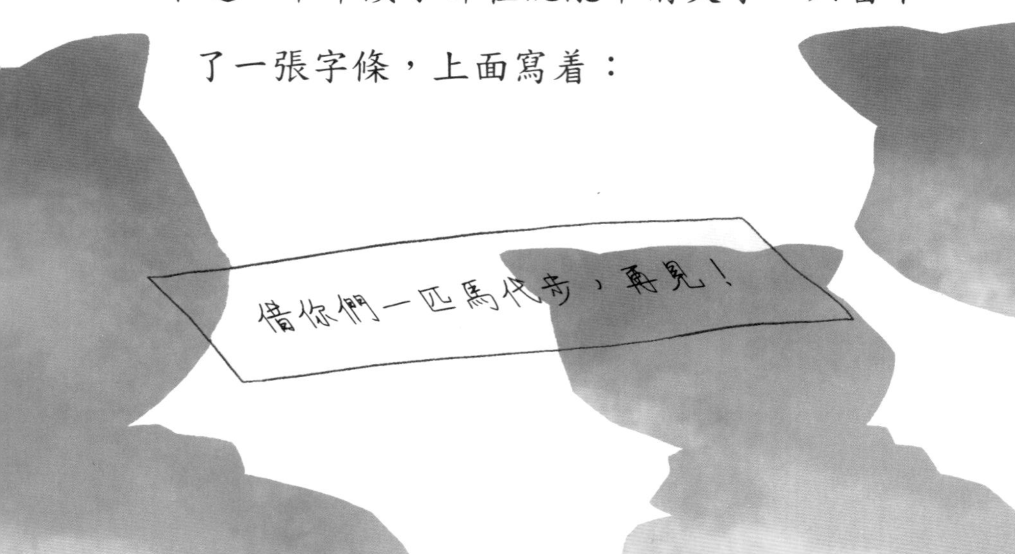

「他怎可以這樣不辭而別。」亨吉看到字條後急得直跺腳，「我們還未向他道謝啊！」

「對！我們必須向他道謝。」亨德向各兄弟道，「他應該走得不遠，追！」

瑪莉亞緊張地用手語比劃，表示自己也要去。於是，七兄弟策騎上馬，帶着瑪莉亞一起追去。

很快，他們追到了鎮口的峽谷，還發現了那中年漢子的蹤影，但他的馬兒卻不見了，只餘下他獨個兒站在路中央。

不過，亨德他們很快就知道什麼緣故了。因為，在那人的正前方也站着一個人，他不是別人，正是他們最痛恨的黑幫首領——諾丹雄。看來那傢伙懷恨在心，在這必經之路埋伏，等候中年漢子的到來。

兩人相距約十來碼，無言地對峙着，只要對方的手略有動作，決鬥就會一觸即發！

「嘿嘿嘿，看來有人來為你助陣呢！」諾丹雄見到亨德一行後，放聲叫道。

「你們這班**傻瓜**！為什麼還要追來？」那人死死地盯着前面的敵人，高聲喝罵。他知道，只要稍一分神，諾丹雄就會拔槍發射。

「我們只是想向你道謝。」亨德走近。

「**哼！婆婆媽媽的，討厭死了！**」那人罵道。

「哇哈哈哈！」諾丹雄大笑，「他們來得正好，一來可以找幾個為你**陪葬**，二來也可留一兩個**活口**，見證我閃電手諾丹雄並非**浪得虛名**！」

「你們快散開，這次我沒有餘力照顧你們！

明白嗎？」那人又再怒喝。

亨德等人赫然一驚，馬上散開。

「哼！以為散開就有用嗎？」諾丹雄的話聲剛落，「砰砰」兩下槍聲劃破長空，嚇得附近的雀鳥騰空四散。

亨氏兄弟還未回過神來，只見那人搖晃了一下，已跪在地上。但與此同時，那高大

健碩的諾丹雄全身猛烈地**抽搐**了一下，接着「**嘭**」的一聲倒下，動也不動地趴在地上。

亨德定一定神，再往那人看去，只見那人緩緩地站起來，把槍插回槍袋裏。他的左腿滲出**一灘紅**，原來他只是被子彈擦傷了左腿。

「好厲害！」亨奇率先大叫。

「簡直**槍法如神**！」

「閃電手諾丹雄輸了！」

「這場**決鬥**實在太精彩了！」

一眾兄弟齊聲讚歎，雀躍萬分。

突然，那人回過頭來，露出嚇人的**兇相**，怒聲喝罵：「**傻瓜！**你們在說什麼？是殺了

人呀！你們沒看見嗎？

我把一條**活生生**的性命奪去了，你們竟然在喝采？你們以為自己在看**表演**嗎？你們還是人來的嗎？」

眾人被罵得**傻了眼**，不知如何是好。這時，瑪莉亞拉着一匹馬趨前，走到那人的面前，然後，她掏出手帕跪下，為那人的左腿包紮起來。

那人低頭看了看瑪莉亞，臉上嚇人的兇相才漸漸褪去，回復他那永遠帶着一絲淡淡的鄙視，卻又叫人感到溫暖的表情。待包紮好後，那人向瑪莉亞做了個「謝謝」的手語，然後接

過韁繩，忍着痛跨上馬背，再輕輕踢一下馬肚，就頭也不回地往峽谷遠去。

當那人快要隱沒在荒漠之中時，突然，瑪莉亞從喉頭發出「呀呀呀」的叫聲，眾兄弟向她望去，只見她已熱淚盈眶，不斷向那遠去的中年漢子做着那個他們也很熟悉的手語——謝謝！

可是那人並沒有回過頭來，急躁的亨奇終於按捺不住，向那人的背影大叫：「**先生！先生！謝謝你呀！瑪莉亞說謝謝你呀！**」

眾兄弟見狀也放聲大叫：「先生！先生！謝謝你呀！我們明白你的意思了！**謝謝你呀！**」

但他們惟恐那人聽不清他們的叫聲，也學着瑪莉亞的**手勢**，一邊大叫，一邊誇張地打着手語，向遠去的那人**道謝**。

# 那人的來歷

「這麼重要的日子，小兔子竟然也遲到，實在太過分了。」愛麗絲生氣地說。

「算了，我們不等他了。為了悼念我們的福爾摩斯先生，大家默哀一分鐘吧。」華生向愛麗絲、李大猩、狐格森和自己的妻子瑪莉*說。

*有關瑪莉的故事，請看《大偵探福爾摩斯②四個神秘的簽名》。

就在這時，樓梯傳來「噠噠噠噠」的一陣急促的腳步聲，然後「砰」的一聲，大門被撞開了，只見小兔子氣喘吁吁地闖進來說：「不好意思，幾乎遲到了。在樓下碰到了郵差叔叔，跟他拉扯了幾句，他說這封信是給華生先生的，還說是從美國德州寄來的。」

「美國德州寄來的？我在那兒並沒有朋友呀。」華生有點疑惑地接過信，看了看寄件人的地址和郵票，果然是美國寄來的。

他拆開信一看，不禁失聲道：「什麼？福爾摩斯竟在德州現身？」

眾人聞言，驚訝得張大了嘴巴，說不出話

來。因為，他們都知道，三年前福爾摩斯與**M博士**在瑞士曾展開了一場**生死搏鬥**，最終更雙雙墮下瀑布的**深淵**之中，雖然警方搜索了多天也沒有發現兩人的屍體，但大家都深信福爾摩斯與M博士已**同歸於盡**了。

這一天，正是福爾摩斯的三周年**死忌**，沒想到，竟會收到一封這麼奇怪的信。

華生把這封長達十多頁的信邊看邊唸，因為他知道，大家一定都想了解信中的內容。

華生先生：
您好！
我名叫亨德，居於美國德克薩斯州的赫爾頓鎮。數月前，我和六個兄弟為了對付鎮上一個與警長和檢察官朋比為奸的黑幫，因為魯莽
事而差點誤墮奸黨的陷阱。不
禍，幸好遇上了一個途經本鎮的
浪槍手，他雖然常常對我們冷
熱諷，罵人也絕不留情。不過
他其實是一個具有俠義心腸的
漢，面對危險不但處變不驚

原來，信是亨德寄來的，他把七兄弟得到中年漢子相助一事**巨細無遺**地全寫在信上。信中還說，本來，他們並不知道那人的姓名，後來，經過幾個月的調查，才得悉他很可能就是傳聞中的**福爾摩斯**。為了確認那人的**身份**，信件最後這樣寫道……

讀到這裏，華生的聲音**哽咽**，再也讀不下去了。愛麗絲亦兩眼通紅，撲到瑪莉懷中**抽泣**

起來。

「你們只是在看，我卻是在觀察。」小兔子大叫，「是他！是福爾摩斯先生！他也常常這樣譏諷我啊！」

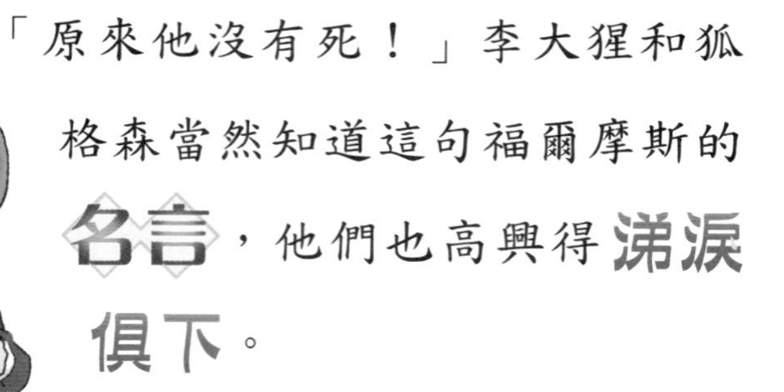

「原來他沒有死！」李大猩和狐格森當然知道這句福爾摩斯的名言，他們也高興得涕淚俱下。

但福爾摩斯為什麼不辭而別，令人們都以為他死了呢？這個謎一直在華生心中縈繞不去。不過，他知道，老搭檔一定有他的理由，而總有一天，他必會再次在自己眼前現身！

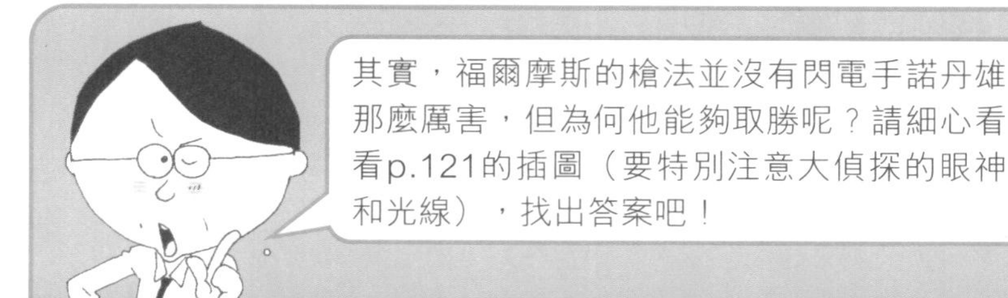

# 科學小知識

## 【暗語和密碼】

所謂「暗語」，就是只有傳信者和收信者才能解讀的信息。人類使用「暗語」的歷史很悠久，特別在戰爭時期，軍隊為免被敵人識破戰略部署，都會使用「暗語」傳遞信息。此外，在打間諜戰時，「暗語」更是必不可少的溝通工具。

日常生活中也充滿了暗語，我們一般將之稱為「密碼」。不過，「暗語」通常包含比較複雜的信息，而日常生活中的「密碼」，主要是利用一些數字和英文字母來確認傳信者的身份而已。

但「密碼」就如「暗語」一樣，只有傳信者和收信者才能解讀，這個過程，通常稱之為「認證」。例如，當我們到自動櫃員機提款時，除了需要提款卡外，還要輸入正確的「密碼」才能提取金錢。此外，使用網上銀行時，為保安全，更須輸入兩組不同的「密碼」才能登入（與本故事的暗語組合何其相似）。

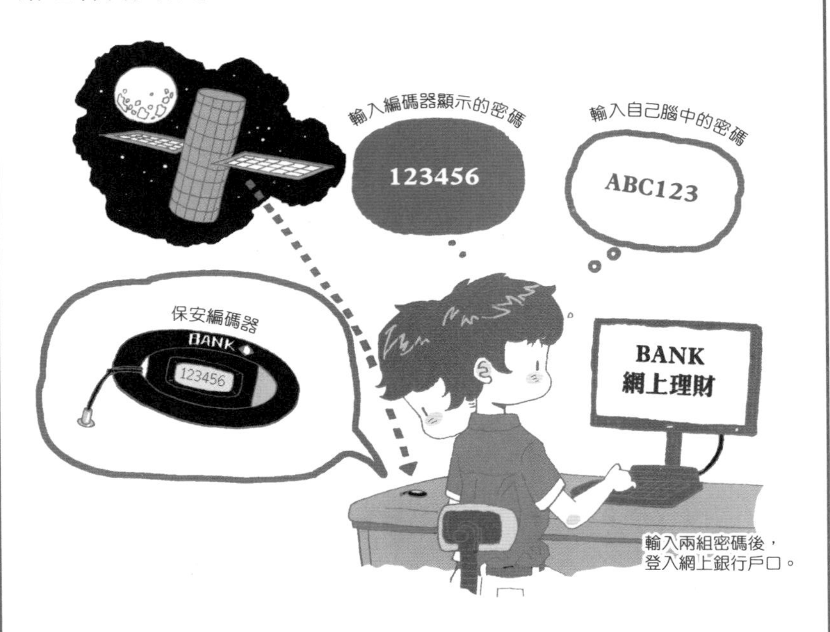

現在，很多銀行會給客戶一個保安編碼器，登入網上銀行時，除了自己腦袋裏的「密碼」外，還要按下保安編碼器，把顯示在編碼器上的「密碼」輸入，才可登入自己的賬戶。由於此「密碼」經人造衛星傳到編碼器上，所以每次都是不同的，這就更能保護銀行賬戶的安全了。

## 數學小知識

### 【圓周率】

約數是3.1416，正確地寫的話是3.14159265358979323846……。一般以π來表示，是圓周長度與直徑的比率，所以不管那個圓有多大，圓周率都是一樣的。那麼圓周率又有什麼用呢？正如小說中的說明那樣，只要知道一個圓的直徑長度，再利用這個圓周率，就可以馬上計算出那個圓的圓周長度了。

計算的公式就是：圓周長 = 直徑 X 圓周率。

此外，在計算圓的面積、圓柱體或圓形球體的體積時，也得運用這個圓周率。所以，3.14這個數字與我們的日常生活是息息相關的呢。

## 動物小知識

### 【牛和鹽】

牛為什麼喜歡鹽呢？原來不單是牛，草食動物都愛舔鹽。因為草不含鈉，與人一樣，動物也不能不吸收鈉，光吃草的話，體內的鈉就會不足，嚴重的話會生病甚至死亡。所以，草食動物為了求生，會舔鹽來補充鈉。野生的草食動物為了舔鹽，甚至會走好遠的路去天然的鹽場（如岩鹽）找鹽吃呢。

手槍
牛仔

如果
我有手槍
就好了！
為什麼？

因為
可以用來
射壞蛋！
有
志氣。

可以
送給我
一枝嗎？
可以呀。

那是射黃豆的
膠槍，還有
幾隻**壞蛋**，
夠你射了。

做牛仔
真威風。

可以
騎馬，
又有
佩槍。

你太過
樂觀了。

**牛仔的主要工作
是清潔牛屎，
執屎吧！牛仔。**

## 債券

債券
究竟是
什麼？
相當於
借錢的
借據。

那麼叫借據
不就行了，
為何叫債券？
唔
……

嘿嘿，叫債券
才容易騙人呀。

券字好意頭嘛，
沒聽過獎券、
禮券……
甚至
勝券在握
嗎？

## 西部

美國西部
真令人嚮往。
何以
見得？

因為西部多壞蛋，
我可以大顯身手。
不見得

為什麼
啊？

因為西部的
馬都很野，
你根本
駕馭不了。

# 福爾摩斯有趣小手工

## 自製橡皮圈手槍

美國西部牛仔
都用手槍呢。

是啊，不如就
教讀者製作一
枝手槍吧。

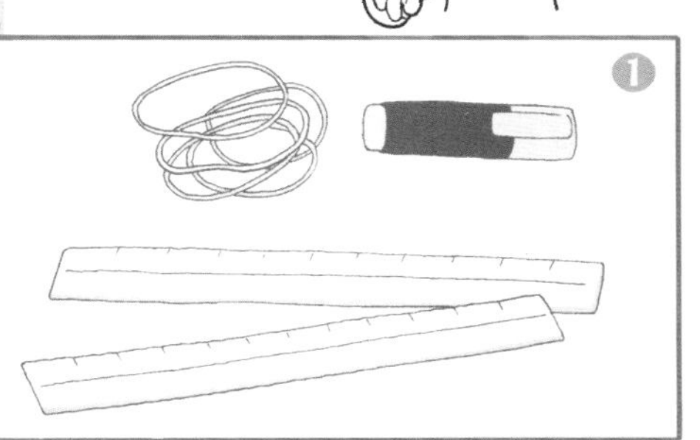

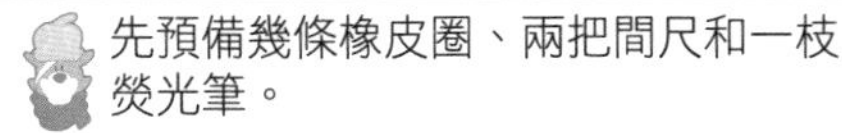

先預備幾條橡皮圈、兩把間尺和一枝熒光筆。

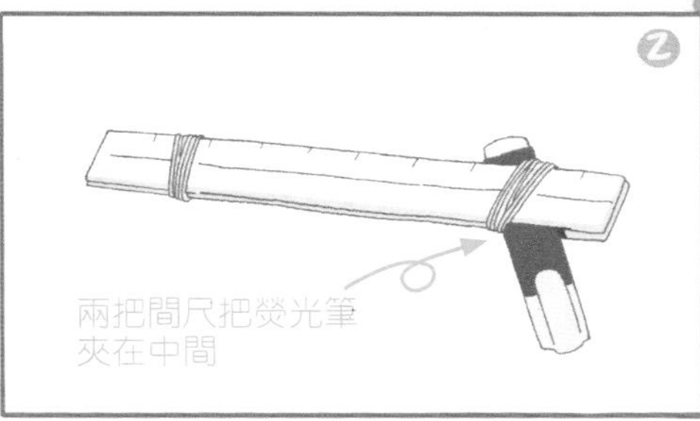

用橡皮圈把熒光筆纏在兩把間尺的一頭，然後用橡皮圈把兩把間尺的另一頭捆在一起。

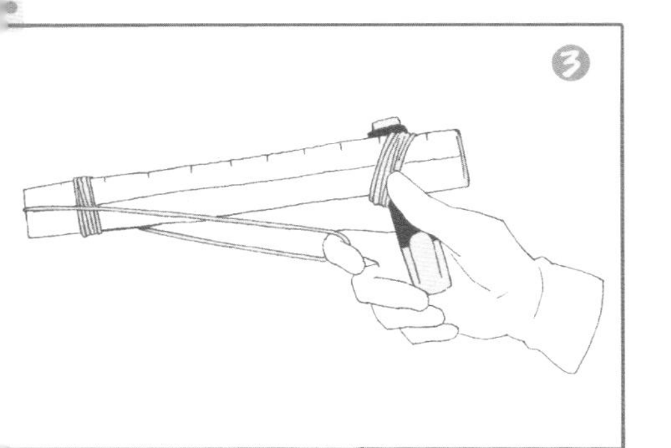

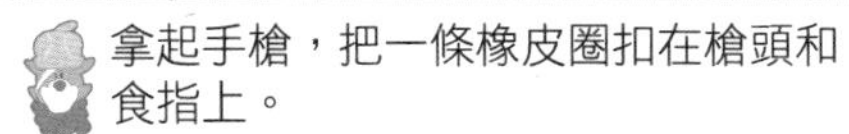

拿起手槍，把一條橡皮圈扣在槍頭和食指上。

只要鬆開食指，橡皮圈就會像子彈般射出去了。

（注意：玩這個遊戲時，切勿射向他人，以免引起損傷！）

**科學解謎** 橡皮圈能夠像子彈似的射出去，是因為它由橡膠製成，而橡膠的特性是伸縮性強，很易被外力拉長和壓扁，但外力消失時，它也會馬上回復原狀。上面的手槍就是利用這個特性，把橡皮圈拉長，當食指一鬆，外力消失，橡皮圈為了回復原狀，就形成彈力，彈射出去了。

# 大偵探福爾摩斯 西部大決鬥 ⑳

原著人物／柯南・道爾
（除主角人物相同外，本書故事全屬原創，並非改編自柯南・道爾的原著。）
小說&監製／厲河　　繪畫&構圖編排／余遠鍠
封面設計／陳沃龍　　內文設計／麥國龍　　編輯／盧冠麟、郭天寶

出版
匯識教育有限公司
香港柴灣祥利街9號祥利工業大廈2樓A室

承印
天虹印刷有限公司
香港九龍新蒲崗大有街26-28號3-4樓

發行
同德書報有限公司
九龍官塘大業街34號楊耀松（第五）工業大廈地下
電話：(852)3551 3388　傳真：(852)3551 3300



第一次印刷發行　2013年9月
第十五次印刷發行　2022年10月



ISBN:978-988-77860-5-4
港幣定價 HK$60
台幣定價 NT$300